穀象

kokuzo

Iwabuchi Kiyoko

岩淵喜代子句集

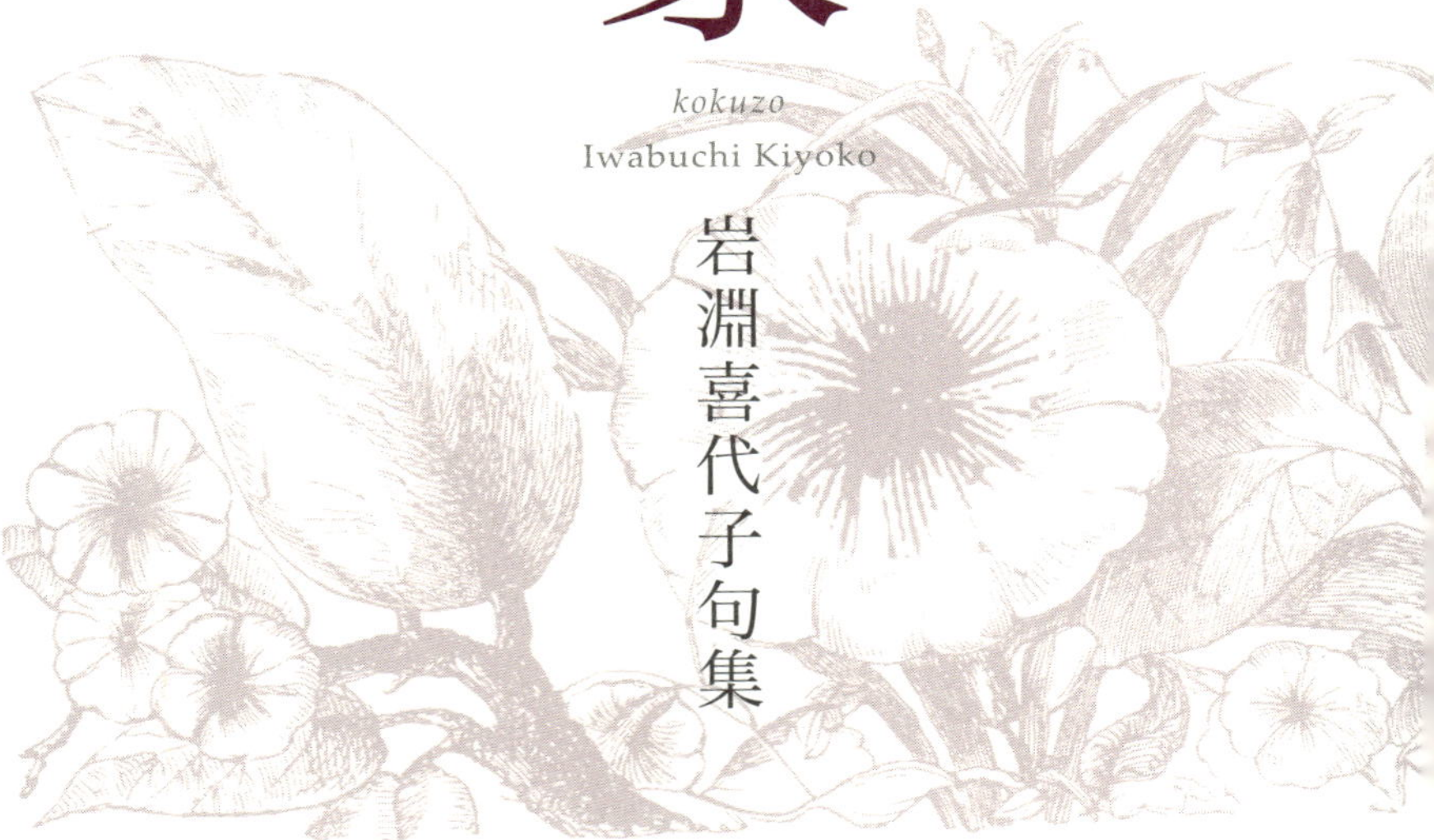

ふらんす堂

穀象／目次

句集　穀象

觳象

穀象に或る日母船のやうな影

石段の次も石段有無日

青空の名残のやうな桐の花

菖蒲園花の裏側水に映し

尾を立てて猫の行くなり若葉雨

薔薇に薔薇打ちつけてゐる祭かな

音もなく西日は壁に届きけり

寝冷えして舟にとり残されしごと

先頭が紫陽花に掌を置きにけり

ぎしぎしの花にも葉にも雨強し

椎匂ふ闇の中より闇を見る

生きてゐるかぎりの手足山椒魚

蕗剝いて夜さりの柱艶めけり

水無月のいつもの椅子を引き寄せる

ぬきん出て烏柄杓は影のごとし

寝ころべば空が広場や蚊喰鳥

半分は日陰る地球梅を干す

村中が安居寺とも思ひけり

蜜豆や六十年目のご遷宮

神の名に命の一字羽蟻飛ぶ

教室のうしろの黒板梅雨長し

鳩時計の窓の開いて羽蟻の夜

虫追ひのはじめは藁の香に咽せて

白鷺は首を先立て虫送

虫追ひの火の先頭は他界らし

雨乞の龍を崩せば藁ばかり

行列の縦横正す蟬しぐれ

揺れたくてゆれてゐるなり小判草

象は皺に覆はれてゐる日の盛り

三伏や影に表裏の無かりけり

放たれて桶に添ひたる大鯰

虚々と鳴く鯰に髭のありにけり

郵便番号升目に入れてゐる白夜

馬に馬寄り添ふ白夜の地平線

順番に泉の水を握りたる

水母

水母またも骨を探してただよへり

頭痛など無きがごとくに水母浮く

全身が余韻の水母透きとほる

忘れよと水母の海に手を濡らす

水母死して硝子のやうな水を吐く

毎日が昨日の続き水母浮く

生涯は水母のごとく無口なり

手を伸ばすところにも来る水母かな

松笠を投げて水母を驚かす

海底を水母の点す晩夏かな

海牛は海の色して透きとほる

夜光虫の水をのばして見せにけり

水着から手足の伸びてゐる午睡

帰省して己が手足を弄ぶ

空蟬はすでに化石の途中なる

押さへねばでんぐり返る箱眼鏡

青空の太藺となりて揺れ止まぬ

さざなみのやうに集まり螢狩

蟻の道蟻の広場や汽笛鳴る

誰へともなく買ふハガキ涼しかり

遠郭公柱一本づつ磨く

驟雨の街コップの中に居るごとし
ハンカチを広げ古城の隠れけり

草笛を吹くたび開くわが翼

天道虫見てゐるうちは飛ばぬなり

麦秋や祈るともなく膝を折る

まくなぎを払ひはらひて根の国へ

誘蛾灯の周り吹雪いてゐるごとし

百歳のはじめは赤子草いきれ

顔上げて居れば風くる草むしり

西日

みしみしと夕顔の花ひらきけり

夕焼けに染まりゐるとは知らざりし
空蟬の貌の凹凸残りをり

東海道五十三次蟻地獄

一切皆空もくもくと毛虫ゆく

虹を見に路地を出てゆく漢かな

緑蔭の続きのやうな書庫に入る

寝そびれて書庫にびつしり黒揚羽

青葉木菟書架のとなりに書架を足す

万緑や獣は巌と紛れあふ

びしよ濡れの牛が生れぬ炎天下

孫連れて南瓜の花の咲くところ

静寂の寝嵩ありけり竹夫人

万緑や火の坩堝から汲むガラス

青空の端の端まで綿の花

雲海の掬へるところまで降りむ

夏霞から歩み来てメニュー置く

サルビアの花を摘まんでゐる鴉

葉先より揺れはじめては葦青し

てのひらの雹は芯まで曇りゐる

城山の暗し空蟬うすく暗し

円座一枚風に取り残されてをり

人類の吾もひとりやシャワー浴ぶ

このごろは廊下の隅の竹夫人

盆

竿灯の押し上げてゐる夜空かな

極楽も地獄も称へ盆踊

影もまた行つたり来たり盆踊

がらあきの空を被りて盆踊

踊の輪ときに解かれて海匂ふ

踊手のいつか真顔となりにけり

夜の更けて踊らぬ人も身を揺らす

踊櫓古老は牙のごとく佇つ

つと立ちて風入れ替へる盆の僧

赤子笑むたびにざわめく魂祭

海のやうな川を見てゐる地蔵盆

界隈に風の樹鳥の樹地蔵盆

黄菊白菊大人となりし隣りの子

水を出て水より重き新豆腐

一斉に二百十日の箸を持つ

筆者とは吾のことなり青瓢

乗り換へてまたバスに乗る秋の風

草の花地の果てはみな海に濡れ
いま狂ひ出せせば背高泡立草

海原へ押し寄せてゆく大花野

花野から帰り机の位置ただす

覗き込む井戸にも空や龍淵に

無我無我と秋蚕這ひゆく音立つる

菱の実をたぐり寄せれば水も寄る

水澄みて鴉の声のゆきわたる

ひぐらしや抱けば胸に貼りつく子

ひぐらしの声は心の窪みまで

一日ただ子規忌に凭れゐたりけり

半日

曼珠沙華八方破れに生きるべし

鬼の子は揺れるばかりや手紙書く

燭台の下に柘榴の実の二つ

顔すこしつめたき昼の草雲雀

芋虫に手があり一心不乱なり

鶏頭へぶつかつてゆく調律師

山梔子の実を盗み来て本棚に

半日の椅子に過ぎけり竹の春

柘榴から硝子の粒のあふれだす

三日月に吊るしておきぬ唐辛子

満月や雫のごとく猫坐り

みんなして見上げてゐたる瓢かな

子午線を乗り越えてゆく藪からし

梨を剝くたびに砂漠の地平線

凶作や人の声して鴉啼く

月光を払ひはらひて蛇穴に

原子炉の今は廃炉に葉鶏頭

一つづつ拾ひて椎の山盛りに

秋風の思ひ出したる野の黄蝶

栗焼いてゐる間の男坐りかな

榧の実を仏のごとく掌に立たす

小牡鹿の人に寄りくる耳二つ

何の実か火種のごとく透けてゐる

葛の根を獣のごとく提げて来し
ひと雫ごとのかりがね一列に

冬桜

狐火のために鏡を据ゑにけり

敷松葉日のあるうちは戸の開いて

菰巻いて来て鉛筆の六角形

顔近く来し綿虫や和紙のごと

初冬や港は船を真白くす

鯨浮く海の扉のごとく浮く

ストーブの唸るやふたご流星群

ワッフルに蜜したたらす冬の海

雲間より日差しの柱冬苺

短日や拾へば羽に縞模様

飴舐めて影の裸木影の塔

綿虫に観音経の聞こえくる

冬桜遠くの方が明るかり

引力の及ばぬものや綿虫は

上海蟹に両手を使ふ真昼かな

冬雲雀第二広場は石畳

凡人の作る大きな鏡餅

ゆきずりのえにしがすべて親鸞忌

すだ椎をうち仰ぐとき冬と思ふ

冬桜ときどき雲の繋がれり

鉛筆は鉛筆立てに冬欅

どこから冬至南瓜を出してきぬ

足音を消し猪鍋の座に着けり

霜枯れの野に足跡のかがやけり

神の名はながながしくて枯薄

十二月八日手袋嵌めにけり

表札の文字に埃や冬館

甘噛みの猫や真白く茶の咲けり

みちのくの闇は重たし牡丹焚く

船降りて時雨の中の時計台

甲乙もなくて海鼠は桶の中

セーターの背中柱に預けをり
着ぶくれて広場の隅に鯨描く

海原は日向ばかりや白鳥来

氷柱

見慣れたる枯野を今日も眺めけり

水仙を境界として棲みにけり

柊の花へ扉を開きけり

くらやみのごとき猟夫とすれちがふ
従へてゆく猟犬のほの明かり

空青く氷柱に節のなかりけり

孤独とははた孤高とは寒卵

炬燵から行方不明となりにけり

紙漉くは光を漉いてゐるごとし

呆れてはまた見に戻る大氷柱

冬帝の真下は紙を干すところ

闇夜には氷柱の杖で訪ね来よ
月光の氷柱に手足生えにけり

奥山の青い氷柱を遺品とす

月齢を数へてをればしづり雪

狐火を恋ひて鉛筆齧る癖

深夜とは鉛筆の香と葛湯の香

鉛筆を落とせば響く冬館

このごろの空の広さや水涸るる

冬萌や石に埋もれし石の貝

馬の背を叩いて春を促せり

梟鳴く柱に寄ればなほ寂し

梟や寄れば曇りし硝子窓

満月のやうな梟親子かな

梟に硝子のやうな爪があり

梟に胸の広場を空けておく

荒海の続きに蒲団敷きつめる

乾鮭の貌が蟲にも似てゐたる
書初めの墨の乾かぬひとところ

手毬また木通の籠に仕舞ひたる

雀らに四日の真顔ありにけり

鳥翔ちしあとの枝ゆれ小正月

刃物みな空を映して農具市

凡人

柳絮飛ぶ鯨の恋を思ふとき

紅梅を青年として立たしめる

凡人に真赤な椿落ちにけり

藁の馬に藁の手触り春の雪

呼子鳥木立聳えるうれしさに

雀らに芝生いちばん暖かさう
伸びるだけのび啓蟄の象の鼻

二月堂までの馬酔木の花盛り

人はみな闇の底方にお水取

お水取火を掃く僧を従へて

一つづつ鬼の顔めく修二会の火

昼の風夜も吹くなりお水取

往きに見し鹿を修二会の帰りにも

束解いて魞挿す竹となりにけり

蟻穴を出でてバザール賑はひぬ

滝水のすぐ透きとほる春の鹿

湖の真中の影の蜆採り

春遅々と伽藍を繋ぐ石畳

硝子戸に集まつてくる春の雲

誰のとも知れぬ風船紐垂らし
西塔に拠れば東塔あたたかし

一本の矢を携へて鶴引けり

麦踏みのつづきのやうに消えにけり

汽笛遠しみな花つけて繁縷は
星屑のやうな物種もらひけり

春雷の次を待つごと立ち尽くす

蝌蚪の国日の出日の入り響きけり

揺れてゐるおたまじやくしの尾が淋し

尾のいつかなくなる蝌蚪の騒がしき

蝌蚪の水掬へば蝌蚪のこぼれけり

神棚の下に踏み台雁帰る

初花を見つめてゐれば揺れにけり
ささやきのごときさむさや桜さく

くるぶしに水のぶつかる蜆採り

巡礼

鮎汲みて手足の殖えていくやうな

接骨木の花はじめからぼんやりと

桜咲く塔に小さな出入口

暗闇とつながる桜吹雪かな

鳥がまた戻りてゐたる花吹雪

仮の世にはらはらしたる花衣
やうやくに三番札所藤の花

お遍路の踵に蟇のぶつかり来

真ん中に火鉢置かるる花疲れ

火の中に火の芯見ゆる桜の夜

飛花落花そのひとひらの赤ん坊

蛇穴を出でて塔には塔の影

高枝の暗きところは小鳥の巣

貼り交ぜる切手とりどり巣立鳥

子雀に隠れどころもなき芝生

綾取りの橋を手渡す鳥の恋
鳥の巣に鳥棲み慣れて貌を出す

古書店に籠りて鳥の巣の匂ひ
花果の石に石積む祈りかな

人の輪の真中に子猫啼いてをり

恋猫や壁一面の楽譜棚

コーヒーの熱しムスカリ濃紫

永き日や水にまぎるる鯉の群

あとがき

句集『穀象』は前句集『白雁』につづく私の第六句集になります。穀象とは米を食べる虫で、縄文時代から存在してきた生き物です。知らなければその名を聞いて、体長三ミリしかない虫とは思わないかもしれません。その音律からも、字面からも、昔語りに現れてきそうな生き物が想像されます。米の害虫だという小さな虫に、穀象と名付けたことこそが俳味であり、俳諧です。それにあやかって句集名を『穀象』としました。西鶴の研究者である浅沼璞氏と詩人の田中庸介氏のお手を煩わして栞を加えさせていただきました。お世話になった多くの方に感謝申し上げます。

二〇一七年立冬

岩淵喜代子

著者略歴

岩淵喜代子（iwabuchi kiyoko）

1936年10月23日　東京生れ
1976年　「鹿火屋」入会。原裕に師事
1979年　「貂」創刊に参加。川崎展宏に師事
2000年　同人誌「ににん」創刊代表
2001年句集『螢袋に灯をともす』により第一回俳句四季大賞受賞
句集に『朝の椅子』、『硝子の仲間』、『愛の句恋の句　かたはらに』、『嘘のやう影のやう』、『白雁』、現代俳句文庫『岩淵喜代子句集』など
共著に連句集『鼎』、『現代俳句の女性たち』など
『現代俳句一〇〇人二〇句』、『鑑賞　女性俳句の世界』（第二巻・第六巻）に作品を寄稿
エッセイ集に『淡彩望』
評伝『頂上の石鼎』埼玉文芸賞評論部門受賞
評論『二冊の鹿火屋』公益社団法人俳人協会評論賞受賞、「鬣」賞受賞
現在「ににん」代表　日本文藝家協会会員
日本ペンクラブ会員
俳人協会会員　現代俳句協会会員

現住所　〒351-0023　埼玉県朝霞市溝沼5-11-14
e-mail=owl1023@fk9.so-net.ne.jp

句集　穀象《こくぞう》

二〇一七年一一月二五日第一刷　二〇一八年六月一日第二刷

定価＝本体二五〇〇円＋税

●著者――岩淵喜代子

●発行者――山岡喜美子

●発行所――ふらんす堂

〒一八二―〇〇〇二東京都調布市仙川町一―一五―三八―二F

TEL 〇三・三三二六・九〇六一　FAX 〇三・三三二六・六九一九

ホームページ http://furansudo.com/　E-mail info@furansudo.com

●装幀――君嶋真理子

●印刷――日本ハイコム株式会社

●製本――壷屋製本株式会社

ISBN978-4-7814-1004-3 C0092 ¥2500E